PARIS SANS PAIR
BIBLIOTHÈQUE
DE
PAUL LACOMBE

Ex libris Ed. M. Mahé

LAMENTABLE

RECIT DV PITOYABLE

EMBRASEMENT DV PONT
aux Oyſeaux, & du Pont
au Change de Paris;

ARRIVÉ LA NVICT du 23. d'Octobre de l'Annee preſente 1621. Auec la perte d'vne infinité de perſonnes & de Threſors ineſtimables.

Le tout repreſenté au naïf, auec le recit
de tout ce qui s'y eſt paſſé.

A LYON,

PAR NICOLAS IVLLIERON, &
CLAVDE LARJOT, Imprimeurs
ordinaires du Roy.

M. DC. XXI.
Auec priuilege de ſa Majeſté.

LA MENTABLE

RECIT DV PITOYABLE

EMBRASEMENT DV PONT
aux Oyſeaux, & du Pont
au Change de Paris;

*ARRIVÉ LA NVICT
du 23. d'Octobre de l'Annee preſente 1621. Auec la perte d'vne
infinité de perſonnes & de
Threſors ineſtimables.*

Ous pouuons dire que Dieu eſt extremement irrité côtre noſtre France, & que l'enormité de nos vices a ſurpaſsé les bornes de ſa patience. Les afflictions generales ne ſont encore ſuffiſantes pour amortir les flammes de ſon cour-

A 2

roux; il faut que fa main irritée vi-
fite les particuliers , & que le fou-
dre de fon indignation fe defchar-
ge fur toutes fortes de perfonnes &
generales & particulieres, affin que
nous lifions en gros & en petit vo-
lume dans les cahiers de nos pro-
pres afflictiõs, que nos vices & nos
pechez ont pafsé le cõble de leurs
imperfections, & qu'il ne refte plus
que des abyfmes pour en engloutir
& punir les coulpables auec les ex-
cés de leurs coulpes. Nous fommes
affligez quant au general de ces re-
doutables fleaux, de la guerre, en-
flammee dans le cœur du Royaume , à l'occafion des Rebelles qui
refufent au Roy , leur vray & le-
gitime Prince , le deuoir & l'obeïf-
fance que naturellement ils luy
doiuent

doiuent : Et maintenant voicy la premiere ville du Royaume, qui a senty en son particulier vn coup si effroyable de la main de Dieu, que le seul penser m'en effraye; & ne sçay comment i'en pourray commencer le recit , qui merite d'estre escrit en characteres de sang,ny de quelles paroles assez energiques ie le pourray exprimer. L'esprit me varie quand i'y pense, le cœur me palpite , & ma main se retirant en arriere ne veut engager ma plume à vn si triste discours. Il le faut coucher pourtant en ces tristes lignes, & le faire sçauoir à chascun auec la larme à l'œil & le regret dedans le cœur.

Il faut donc sçauoir,que la nuict du 23. du present mois d'Octobre,

enuirō vne heure apres minuict le
feu se print tout à mesme téps aux
deux Ponts, qui estoient , entre le
Palais & le grād Chastelet;sçauoir
le Pont aux Oyseaux & le pont au
Change , autrement le Pont aux
Marchands & aux Orfeures, qui se
touchoient presque l'vn l'autre ; &
s'y enflāma de telle ardeur,que en
vn moment la flamme fut par tout;
& à la faueur du sommeil,qui tiēt
pour lors les plus soucieux liez en
ses chaisnes,elle se rendit tellement
maistresse, que le secours y fut ou
tardif ou inutile. L'on eust veu les
gros naux de flammes se nouër &
voltiger en l'air,auec tāt de frayeur
que c'estoit merueilles,& rendoiēt
vne telle clarté , que l'on y voyoit
presque par toute la ville aussi clair
qu'en

qu'en plein iour, ce qui ne manqua
de mettre tout aussi tost la ville en
allarme, auec le furieux tocsain des
cloches que l'on sonnoit de tous
costez. Les cris, les hurlemens es-
pouuantables esclatoient de toutes
parts ; les pauures corps surpris
dans le lict & cruellement bruslez
dans ces cruelles flammes effra-
yoient ceux qui hors de danger ne
pouuoient donner secours à ces
pauures gents engagez au danger;
les voix pitoyables, les escris redou.
blez des autres qui estoient à l'entour esmouuoient tout à pitié , &
n'apportoient aucun remede à
ceux qu'ils voyent consumer deuant leurs yeux. Ces pauures crea-
tures surprinses à l'impourueu,
sçauoir ceux qui se peurent retirer

de l'embrasement , s'en alloient
pesle-mesle tous nuds ou en chemi-
se pour le plus ; hommes, femmes,
ieunes & vieux, les vnes parmy les
autres tellement confus de tous
costés , que l'on eust dict que c'e-
stoit la confusion mesme. Et ces
pauures gents,auec tout le reste de
la Ville voyoiét deuant leurs yeux
lamentablement consommer par
la flamme leurs riches bastiments,
leurs meubles , leurs richesses , &
tous leurs moyens ; & ce qui estoit
encore plus lamentable,leurs femmes,leurs enfãs,leurs peres, meres,
& autres parents, seruiteurs & ser-
uantes:& tout cela ne se pouuoit
faire qu'auec vne grande & triste
desolation & des cris du tout es-
pouuantables. Que de richesses,

que

que de moyens furent engloutis par
la flamme en peu de temps ! Combien de belles, & admirables pieces
d'Orfeurerie eslabourees auec vne
infinité de curiosités ! Combien de
pierreries d'vn prix inestimable, de
Diamants, de Rubis, d'Emeraudes,
& autres semblables ! Combien de
perles Orientales ! Combien de
Chaisnes, Carquants, Inserans, Fer-
mails, Vases, Bassins & autres pieces !
En fin l'on ne sçauroit estimer la perte qui s'y est faite, mais encores celle
qui est la plus sensible & déplorable,
c'est celle des hômes, que l'on voyoit
miserablement tressaillir, & hurler
dans la flamme sans espoir d'aucun
secours humain ; les autres se preci-
piter dedans l'eau, & pour se redimer
de la furie d'vn element impitoya-

B   ble,

ble , se rendre à la mercy d'vn autre
qui n'a point de mercy; les vns s'en-
couroyent à demi bruslés criant &
hurlant;les autres arriuoyent à la na-
ge au bord tous desfaits & mutilés;
les autres gorgottoyent dans l'eau
en se noyant. Ah ! plume impitoya-
ble tay le reste,& le laisse seulement à
considérer au Lecteur,qui le pourra
mieux comprendre des yeux de l'i-
magination, que tu ne le sçaurois
coucher par escrit en ces lamenta-
bles lignes.

L'embrasement fut si grand & si
horrible , que l'on commença de
craindre pour le Palais & le grand
Chastelet;de sorte que du Palais l'on
commença de tirer les prisonniers,
& de transporter les plus coulpables
aux autres prisons : & du Chastelet,

les

les Regiſtres & autres papiers de conſequence, auec les priſonniers qui s'y treuuerent, pour mettre le tout en ſeurté. Le feu commençoit de gaigner la ruë de la Peletterie, & y euſt trois maiſons bruſlees; mais l'on fit tant de diligence que l'on empeſcha ſon progrez & n'y euſt autre mal. Vn certain grand moulin qui eſtoit attaché au Pont aux Oiſeaux, venãt à ſe deſtacher, apres que les cordes en furent bruſlees, s'en alla contre le Pont-neuf, & arriua ſous la pompe de la Samaritaine, où il s'arreſta & fut là conſommé en cendres; ſans toutesfois auoir touché à ce beau & ſuperbe baſtiment, de qui l'on auoit eu tant de crainte.

Tout cela fut expedié en quatre heures; car à vne heure apres minuict

B 2 l'on

l'on aperceut le feu; & à cinq heures de matin tout fut consommé,& n'y resta plus rien, sinon quelques marques qu'il y auoit eu des Ponts;& les pilotis mesme qui les souftenoyent furent bruflez iusques dans l'eau, & ne pouuoit on esteindre le feu ; & mesmes qu'à la valee de Mifere il y euft quelques maifons brufleés.L'on a dépaué toutes les ruës à l'entour,de crainte que quelque piece de bois trauersant d'vne maifon à l'autre n'y mit le feu , & par conféquent à d'autres.

L'allarme fut extrefmemét grande dans la Ville ; tous les Quartiers furent en armes ; par tout Corps de garde, par tout fentinelles, par tout barricades, craignant que ce ne fuft vn ieu ioüé, & que les autheurs de

cet

cet embrasement ne tendissent à quelque plus grand & pernicieux dessein. La confusion fut generale par toute la ville, & Dieu sçait si les larcins, les recellements, & les volleries y furent espargnez, comme la coustume est en telles occurrences que celle-là, & sur tout quand il y a que prendre, comme il pouuoit y auoir en vne telle occasion.

La perte a esté grande à la veritè; mais si pouuons nous dire que c'est vn fort aduertissement de la part de Dieu, & qui nous donne vn aduis grand & ample de son courroux; & Dieu par sa saincte misericorde vueille que les presages n'en soyent pas sanglants, du moins pour nostre pauure France qui est desia assés affligée de ses autres malheurs; ou que

B 3   si bien

ſi bien nous en pouuons attendre
quelques chaſtiments,que ce ſoyent
les meſchãs & rebelles qui en ſentét
les plus peſants coups.Cependãt ve-
nons tous à vne bõne recognoiſſan-
ce de nous & de nos pechés,& com-
patiſſãt à la perte de nos freres,priõs
le bon Dieu qu'il luy plaiſe de con-
ſoler ceux qui ont fait de telles & ſi
grandes pertes : & ſur tout ſuplions
le qu'il ait pitié de nous & de noſtre
pauure France; mais encores parti-
culierement qu'il luy plaiſe d'auoir
l'œil de ſon aſſiſtance particuliere
ſur la perſonne de noſtre Roy tres-
Chreſtien , & qu'il luy plaiſe de be-
nir ſes deſſeins & ſes armes. Amen.